Где Прячутся Страхи

АЛЕНУШКИНЫ СКАЗОЧНЫЕ РАССКАЗЫ

КНИГА 5

ЕЛЕНА БУЛАТ

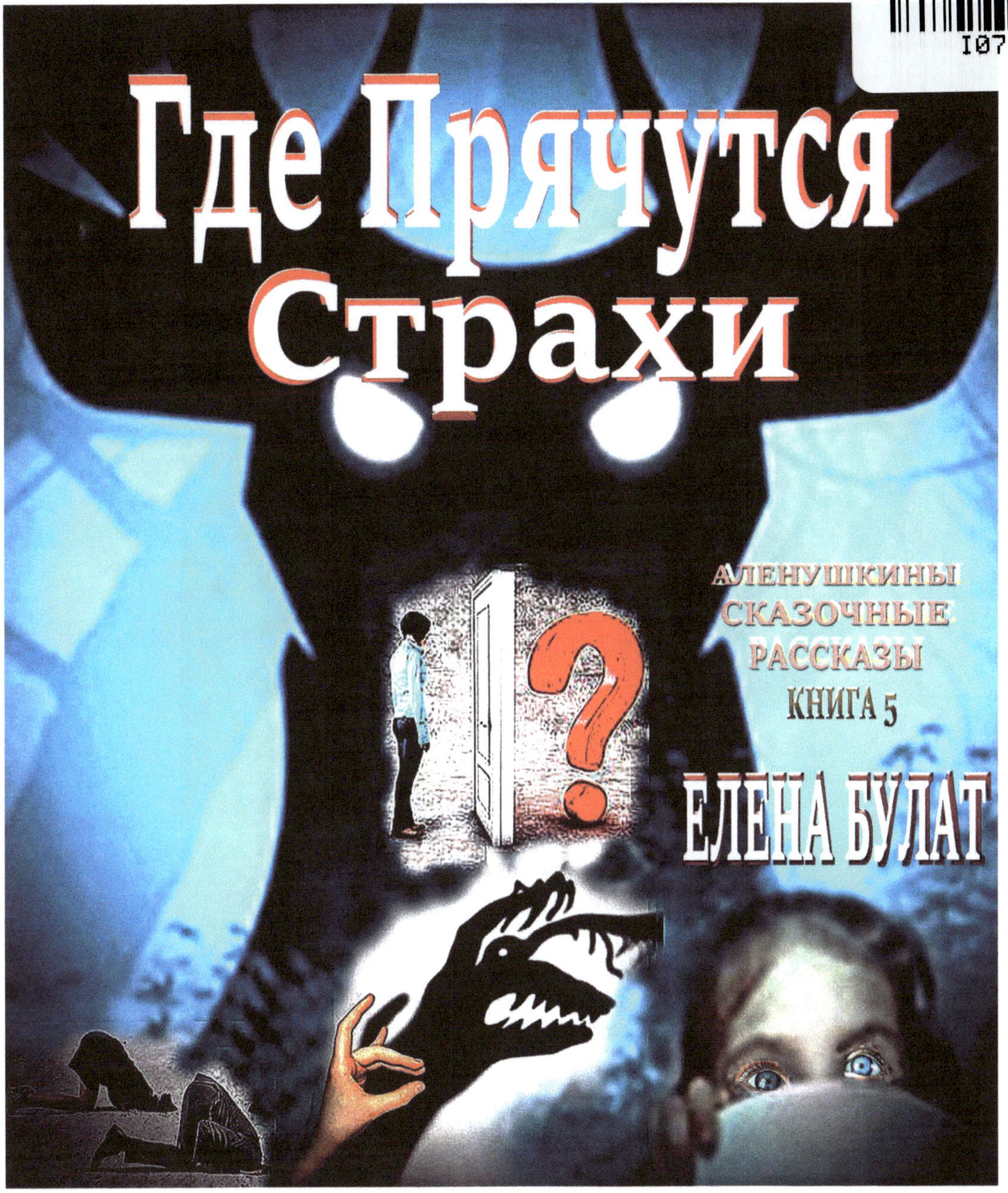

978-1-952907-11-1

Где Прячутся Страхи

Аленушкины Сказочные Рассказы

Книга 5

ЕЛЕНА БУЛАТ

ISBN: 978-1-952907-11-1

Содержание

О Чем Цикл Книг

АЛЕНУШКИНЫ СКАЗОЧНЫЕ РАССКАЗЫ

Книга 1. «Ежевика Долмена» рассказывает о волшебном городке на Черном море, где жила девочка Аленушка. Бабушка у девочки была добрая Фея. Но дед у Аленушки был очень суров к окружающим, и его звали Горыныч. Во время восхождения на гору со строгим дедом Горынычем, Аленушка открыла древний Дольмен. Мир великих мастеров прошлого поразил её своим искусством. Ежевика Долмена спасла её жизнь.

Книга 2 «Душа Сада» рассказывает, как Аленушка часто убегала в сад бабушки, где и проводила большую часть своего времени, прячась от своего строгого дела «Горыныча». А сад тоже был волшебный, и жили там друзья Аленушки: зайцы, пчелы, муравьи и собаки. Все они жили в мире, хотя у всех была своя особая жизнь. Как-то Аленушка узнала в саду своей доброй Феи, как победить все колючки и осуществить все свои мечты. Кошка Мурка охраняла девочку во время её ночных путешествий. «Только добрая, чистая душа может приворожить, а не цветочки. Но и душа должна быть как цветок, - говорила бабушка». Но со временем, без любви, воды и заботы доброй бабушки, сад запустел. Он почти слился с сухим и тусклым окружающим ландшафтом. А потом и совсем засох. Вот что бывает без заботы и любви.

Книга 3 «Встреча с Волками» принадлежит к циклу «Аленушкины Сказочные Рассказы». Эта книга содержит много коротких интересных историй о приключениях Аленушки, о волшебной Печке, о встрече с волками в древнерусском селе, о поездке в Московский зоопарк, где Аленушка пыталась накормить слона-узника своей Новогодней мандаринкой, и многие другие.

Книга 4 «Учимся летать. Жизнь на ранчо». Сюжет книги развивается уже не на Черном море, как первые три книги, а именно на ранчо в Калифорнии. Аленушка рассказывает о своих немецких овчарках, которые защищали певчих птиц. Есть впечатляющая история о страшной встрече с ядовитыми гремучими змеями и о том, как ее собака едва выжила после смертельного укуса. Есть там увлекательная история о кроликах, которые сидели под окном, требуя бесплатной поставки моркови. Другая незабываемая история о маленьких певчих птицах, мужественно сражающихся с воронами и защищающих их гнезда. Но главный рассказ о молодом Совенке, которого родители учили управлять своими крыльями, об их битве с ястребом, и многие другие.

Книга 5 «Где Прячутся Страхи. Книга содержит замечательные кроткие главы о людях и зверях, которые испытывают различные страхи. Книга учит, как бороться со страхами.

С одной стороны - это сказка о том, как родился Страх, где он жил, как перебирался от одного живого существа в другое, и как он увеличивал свою мощь от того, что некоторые живые существа не умели с ним бороться.

С другой стороны, книга имеет психологические наблюдения, полезные для взрослых и детей. Эти рассказы будут отличным инструментом для преодоления страхов на пути к успеху. Каждая новая книга имеет свой особый подзаголовок, и содержат развлекательные, воспитательные и забавные истории.

***

Начало

Однажды давным-давно в городе Геленджике, жила-была девочка по имени Аленушка. Сначала она жила с мамой Эммой в маленькой хибарке у самого берега

Черного моря.

Но однажды, спасаясь от сильного наводнения, мама Эмма перенесла Аленушку в дом её бабушки Ани. Любящая бабушка была Добрая Фея. Она перед сном рассказывала Аленушки разные сказки. И однажды она поведала ей очень странную историю про то, как давным давно на Земле родился Страх.

Он вселялся во все живые существа, и царствовал в мире до тех пор, пока чья-то сильная Душа не побеждала его. Но Страх тут же переселялся в другие существа, менее слабые. Страх хотел править миром, и держать Души под своим контролем.

Вот что бабушка Аня рассказала своей внучке.

Страх

Однажды давным-давно на планете под именем Земля родился Страх. Родиться–то он родился, но поселиться ему было негде. На Земле тогда была совсем пустая, покрытая океаном, и на ней еще никто не жил. Но вскоре из океана стали выползать на сушу разные живые существа. Они превращались в разных птиц, букашек и даже в огромных зверей. Некоторые из них были ростом под небеса.

Вот тут-то Страх и обрадовался. Он тут же подлетел к самой маленькой Букашке, влез в неё и поселился там, внутри Букашки. Букашка была не только очень маленькая, но еще беззащитная и глупая. Она без борьбы, сразу же подчинилась Страху. Страх начал её устрашать и пугать. То покажет ей страшные узоры на стене, то тени превратит в чудовища. И стала букашка бояться всего вокруг неё. Она жила и тряслась от Страха, потом что она не знала, как сопротивляться Страху. Она не знала, что Страх в действительности, был только её собственной фантазией, а не реальным существом.

Вот и тут, Страх, поселившись внутри Букашки, вскоре стал недоволен своим скромным жильем. К тому же, ему было не интересно внутри маленькой и покорной Букашки.

От того, что Букашка сильно всего боялась, Страх стал быстро расти и увеличиваться. Он всегда вырастал из фантазий и иллюзий, и становился все больше и больше.

Так что, вскоре Страх должен был найти себе более просторное жилье. Вот он и начал гулять по Земле и смотреть, куда бы еще направиться, и где бы еще поселиться.

Найдите все живые существа на картинке. Знаете ли вы имя этой Букашки, и в чем её главная польза (Божья Коровка)?

***

Большие Звери

Долго ли коротко, но прошли тысячелетия. И во многих частях Земли стали появляться разных размеров животные. Особенно в Джунглях встречались невероятно огромных размеров звери. Были там огромнейшие Мамонты и Динозавры, мирно пасущиеся на пастбищах с густо растущей травой. Жили там змеи, птицы и обезьяны на ветках.

Однажды Страх увидел, что вокруг бродят огромные звери. И были они намного больше Букашки. Страх решил, что если он поселится внутри огромного зверя, то и сам вырастит еще больше и станет совсем непобедим. Вот он подлетел к огромному Зверю, и устрашающе зарычал на Зверя ужасным звуком. Такого Жуткого звука Зверь никогда не слышал, и растерялся. И показалось ему, что вокруг него творится что-то Страшное.

Хотя Зверь был огромного размера, но не стал он бороться и сопротивляться Страху. Зверь безропотно впустил Страх в себя. Как только Страх поселился внутри огромного Зверя, стал Зверь бояться всего вокруг себя. А как только он стал всего бояться, да оглядываться, так Слабость и одолела его. Огромные Мамонты и Динозавры хотя и были высокого роста, но они не стали сопротивляться Страху, и вскоре вымерли.

А Страх, набравшись сил от всех, кто его боялся, превратился в огромное Чудовище. Он бродил по земле и всюду находил тех, кто хоть чего-то, но боялся. И радовался Страх, думая, что он непобедим.

Душа

Прошло много тысячелетий. И вот на земле появился Человек. Люди были разные, меленькие и большие, черные и белые, узкоглазые и круглолицые. Но у всех у них внутри жила Душа. У некоторых Душа была маленькая, слабая и покорная. В таких людей с маленькой, покорной душой и вселялся Страх. Душа слабых людей быстро мирилась с тяжелыми условиями их жизни. Встречая препятствия, они чаще всего, прятали голову в песок, как огромная, но глупая птица страус. А Страх разрастался внутри людей, съедая их покорную, и всего боящуюся Душу. Люди, без поддерживающей их Души, были несчастными, забитыми, и тоже быстро умирали.

***

Но у некоторых людей Душа была огромная и сильная. Сверкающая любовью и умом Душа отражалась в их глазах огнем мысли. А храбрые сердца были бесстрашными. Такие мужественные люди много и постоянно работали, что-то творили и что-то создавали. Попадая в трудные ситуации, они не опускали руки, а искали выход.

Самое главное, они почти ничего не боялись. В их Душе не было места для Страха. Так что, Страх там не мог поселиться. Когда Страх к ним близко приближался, то они от него отмахивались, думали о чем-то позитивном, верили в удачу, и этим отгоняли Страх прочь. Когда Страх чувствовала сопротивление, он угасал и становился все меньше и меньше. А бесстрашные люди становились все сильнее и сильнее.

Все же Страх оставался неподалеку, наблюдая за всем вокруг и поджидая момента, когда Душа ослабеет, и он в неё сможет вселиться.

Страх Матери

Осенью в Геленджике часто бывали ураганы. Когда шли сильные дожди, и с гор к морю бурлили вниз горные реки. Они переполнили канавы городка, затопляли его улицы, и начиналось наводнение.

Однажды ночью начался такой сильный шторм. А прибывающая вода из канавы стала заливать пол старого домика, где жила Аленушка. Девочка проснулась и увидела, что её расстроенная мать в панике бегала по домику, собирала вещи, чтобы их не затопила вода с гор. Она громко ругалась, вспоминая отца Аленушки, которого вообще не было в доме. Увидев свою мать в таком расстроенном состоянии, маленькая девочка тоже сильно испугалась.

В то время отец Аленушки работал в центре города. Он не знал о наводнении и долго не приходил домой. Мать не могла одна справиться с быстро прибывающей в дом водой. Видя их испуг, Страх стал разрастаться. А молодая Душа матери не могла справиться с огромным Страхом.

Страх стал властвовать в Душе Матери, грозиться и ругаться на всех вокруг. Страх был такой злой и беспощадный, что отец Аленушки не выдержал и вскоре ушел из дома навсегда, чтобы не бороться со Страхом.

В тот же вечер мать перенесла Аленушку в дом бабушки Ани. Дом бабушки стоял на холме, вода наводнения текла мимо её дома вниз к морю. Наводнение туда не приходило. Ласковая бабушка-Фея всех утешила и успокоила. А потом она накормила всех вкусными пирогами и уложила спать. Было всем так хорошо, что даже Страх ослабел. Но он был хитрый и легко не сдавался.

***

На следующий день пришел доктор делать Аленушке прививку. Девочка увидела, что её мама боится укола. Этот мамин Страх тут же перелетел к ребенку, и поселился внутри девочки. Обессиленная мать не утешала дочку, и Страх продолжал расти внутри Аленушки.

Но бабушка Аня, которая была Добрая Фея, опять взяла девочку на руки. Она начала говорить ей добрые слова, утешая её, и спасая от Страха.

Через несколько дней, мать начала собирать чемоданы. Аленушка очень заволновалась, и Страх тут же подскочил к ней и сел рядом. Бабушка говорила, что работа помогает спастись от Страха и потому матери надо уехать из города за тридевять земель в тридесятое царство.

Аленушка очень боялась остаться одна, и просила мать взять её с собой. Но утром матери уже не было в доме. Она одна уехала на Остров Сахалин, что был в Тихом Океане, на Востоке России. Аленушка долго ждала свою мать у маленького окна бабушкиного дома. И с той поры этот Страх «куда-то опоздать» жил в её душе.

А мать Эмма работала на Сахалине очень долго, спасаясь от своего собственного Страха. У неё был Страх быть отвергнутой и быть нелюбимой. Её так долго не было в Геленджике, так долго, её дочка Аленушка почти совсем забыла свою мать.

Кошка Мурка

Страх, хотя еще и небольшой часто мучал девочку. Аленушка не знала, как бороться со Страхом. Со временем, Страх пригласил своих друзей, других маленьких Страхов. Все они кружили вокруг девочки, тревожа её Душу. Страхи мешали ей жить радостно и свободно.

Когда Страх поселились в Душе Аленушки, ей стали сниться пугающие сны. Но кошка Мурка всегда была рядом. Иногда она даже спала в ногах девочки, сладко мурлыкала и отдавала свое тепло в холодную постель Аленушки. От кошкиной любви и заботы становилось уютно и радосто.

Кошка Мурка часто перед сном рассказывала Аленушки разные сказки Это было чудесное утешение для девочки, и она сладко засыпала. Вот как-то Мурка рассскзала ей свою историю.

Когда кошка Мурка была маленьким котенком, она жила в страшном лесу. Там ей надо было выживать среди дикой природы, и потому она научилась ловить мышей для пропитания. А для этого ей надо было постоянно преодолевать Страх. Борясь со Страхом, кошка Мурка стала сильной и бесстрашной.

Когда кошку Мурку взяли в дом к бабушке, она сразу же полюбила девочку Аленушку. Иногда зимой они вместе залезали на печку, чтобы согреться. Кошка Мурка своей лаской утешала Аленушку в её горестях и бедах. А главное, кошка Мурка повсюду сопровождала девочку, охраняя её от всяких Страхов. Однажды Кошка Мурка рассказала Аленушке сказку о разных зверях, что жили на земле, и о том, как они старались преодолеть свои Страхи.

Медведь и Росомаха

Жили-были в лесу разные звери большие и маленькие. И все они чего-то боялись. Например, медведи боялись храброй Росомахи. Медведи вообще не очень любили тратить свои калории на что-либо, поэтому они старались обходить росомаху.

А Росомаха была очень вспыльчива, и в гневе она могла сражаться с медведем, загоняя его на дерево.

Даже зимой в рыхлом снегу росомаха могла прыгать и не проваливаться. А тяжелый медведь сразу же проваливался и застревал в глубоком снегу. Когда Росомаха была голодной, то она даже нападала на волка и забирала его добычу.

И только храбрая собачка Палкан не боялся Росомахи. Как-то дед охотился с ним в лесу, и хотел посмотреть, что у него в капкан попало. А оказалось, что Росомаха была рядом и съела все, что там было. А потом хотела напасть на деда. Но собачка Палкан мужественно оборонялась от Росомахи. А потом дед вынул свое ружье и выстрелил. Росомаха испугалась громкого выстрела и убежала. Там они и спаслись.

Слоны

“Даже в Джунглях есть огромные звери, которые чего-то бояться“, – продолжала кошка Мурка.

- Например, слоны не боятся мышей. Но страдают от совсем маленьких, но смертоносных змей, которые могут если не убить, то покалечить их детенышей. Поэтому, увидев вдалеке змею, слоны, сразу же изменяют направление движения.

Но слона бывает очень трудно победить льва. Львы часто охотятся на слонов, когда у тех есть маленькие слонята. Слоны всегда защищают своих детей, и стараются быть осторожными. Несмотря на всю мощь слонов, осторожность излишней не бывает, и опасности лучше избежать.

Одна поэтесса написала басню о Слоне и Змеях. Но это стихотворение является метафорой или иносказанием. Все в нем надо понимать в переносном смысле. Рассказывается в нем о людях. Вот слушай:

«Шёл сильный слон, он гордо шёл вперёд. Слонам не надлежит наоборот. Слоны назад, что б ни было, не пятятся, хоть многие от злости зубоскалятся. И этот слон не исключеньем был. Он выступал, вышагивая чинно. Но в страшную немилость угодил к одной змее под кочкой – беспричинно.

Змея стара, но яд-то в зубе есть, и брызнуть им причин не перечесть. А почему бы нет? В её змеиной старости представить сложно, видно, большей радости. На то и есть змеиное нутро, что нет от неуёмного покоя! Вонзилась зависть в чёрное ребро, и укусить желанья больше вдвое! Во-первых, больно молод и силён, и чересчур заметен этот слон!

Змее яснее ясного становится, что жизнь её к закату близко клонится. А у слона дорога впереди. И он пойдёт уверенно и стойко: за горизонт уводит даль пути. Змее о том мечтать лишь – да и только!

А это далеко ведь не пустяк: Не по-змеиному выходит. Как же так? Придумать нет труда Гадюке повода, чтоб от хвоста проклясть слона до хобота. К тому же слон ей солнце заслонил и на «её» дорогу твёрдо вышел. Но, правда, до того высок он был, что о змее той дряхлой и не слышал. Да Гадине ж разве объяснишь или умишку скудному внушишь, что чести много хладнокровному созданию, чтоб было от слона ей «узнаванье»!

Он жил досель, не ведая о ней, меж сучьев серых ползающей Твари. Её тропинку слон считал своей. А та в кольцо свернулась аж в угаре! И на тропу ту выползла змея. Невысказанной злобы не тая, шипит. Но Слону-то и не слышится, как Гадине болотной тяжко дышится. Причина, по какой он не ответил, змею не раздавил он потому, что слон Гадюку просто не заметил».

***

«И ты, деточка, не бойся Страха. Страх силен только до тех пор, пока ты чего-то боишься. А перестанешь бояться, Страх и убежит от тебя», - сказала бабушка, выслушав рассказ кошки Мурки.

Аленушка очень удивилась такому простому решению. Она давно мечтала победить все её Страхи, которые сильно досаждали и беспокоили её. Некоторые взрослые даже специально пытались пугать её, чтобы заставить съесть кашу или почистить зубы на ночь. А однажды её строгий дед сделал фигуру из рук, и на стене оказался огромный страшный волк. Этот волк даже шевелил пастью и рычал.

Но особенно страшно Аленушке было в темной комнате и в саду, где можно было увидеть множество непонятных, шевелящихся теней.

***

В Саду

Любящая бабушка Аня, которая была Доброй Феей, старалась помочь Аленушке преодолеть её Страх. Она говорила девочке:

«Если ты чувствуешь, что Страх подкрадывается к тебе ближе и ближе, скажи себе, что ты его не боишься. Повторяй это до тех пор, пока он не убежит».

Однажды ночью, Аленушка решила начать бороться со Страхом. Она поднялась с кровати, и пошла в темный сад. Страх тут же проснулся и зашагал рядом с Аленушкой, нашептывая ей в Душу всякие разные Страхи. Но рядом бежала любящая Кошка Мурка. Мурка была очень бесстрашная и почти ничего не боялась. Она давно, еще в своем кошачьем детстве победила Страх. Вот и этой ночью Кошка Мурка бежала рядом с Аленушкой и подбадривала её, твердя:

-« Ничего не бойся! Я же рядом с тобой и буду тебя защищать»!

Аленушка погуляла по саду, не нашла там ничего страшного, вернулась домой и опять легла спать. А Душа Аленушки всю ночь отдыхала и радовалась. А от того, что Душа радовалась, она взрослела и становилась сильнее.

***

А утром бабушка Аня сказала, все еще утешая девочку: «Страх бывает у всех живых существ, как у самых маленьких, так и у очень больших. Но каждое существо по-разному реагирует на Страх. От того, как человек реагирует на Страх, будет зависеть победит ли Страх человека или нет».

Потом Бабушка взяла ведро, и пошла в её чудесный сад собирать абрикосы для варенья. Аленушка и Кошка Мурка побежали следом.

Пчела

А в саду было много душистых цветов. А вокруг цветов кружили пчелы. Они садились на цветочки и собирали пыльцу. Потом пчелы улетали в свои улья и кормили пчелиную Королеву. А Королева пчел была огромная и прожорливая. Так что, пчелы работали с восхода солнца до его заката.

Бабушка Аня всегда много работала, чтобы Страх её не одолел. Вот и тут она, как пчела, находила в траве спелые абрикосы и клала в ведро. А девочка Аленушка и её кошка Мурка сидели в цветах и наблюдали за пчелами. Вдруг одна пчела села на руку Аленушке. Мурка тут же предупредила девочку:

"Не бойся, пчела не ужалит, если ты её не будешь трогать. Она посидит, отдохнет немного и улетит. Но если пчела почувствует опасность, она будет бороться за свою свободу. Её жало – это её единственное оружие. Но в то же время, в её  жале она хранит свою жизнь. А потому, пчелы редко кусаются. Пчела знает, что она погибнет, если она ужалит тебя, защищаясь. Но порой, некоторые бесстрашные существа уверены, что свобода дороже жизни».

Так говорила заботливая кошка Мурка. Но Аленушка не послушалась мудрую кошку. К тому же Страх сидел внутри и все время шептал:

«Прогони Пчелу! Прогони Пчелу!»

Аленушка хотела взять пчелу за крылышки, отнести к бабушке и доказать ей, что она ничего не боится. Но пчела тут же изогнулась, и из её брюшка выскочила маленькая стрелочка, ужалив непослушную девочку. Аленушка долго помнила урок свободолюбивой пчелы. Она поняла, что главным было избегать опасностей и стараться не попадать в неприятности.

А еще Аленушка помнила и советы мудрой бабушки. Каждый раз, когда Страх подкрадывался к ней, нашептывая всякие ужасы, Аленушка твердила себе, что она сильнее Страха. Страх ослабевал и убегал. А Аленушка становилась все сильнее и сильнее. Убеждаясь в том, что в ней есть силы победить очередной Страх, Аленушка закаляла свою Душу. Душа становилась сильнее и сильнее.

Наконец Аленушка выросла бесстрашным человеком. Иногда она обходила неприятности или избегала в них попадать. А другой раз, просто смеялась над Страхами. Сам Страх больше всего боялся смеха и встретив того. Кто над ним смеялся, Страх тут же рассыпался на мелкие кусочки.

Аленушка старалась не допускать Страх к себе близко. И таким образом, она все чаще побеждала Страх. Наконец, Страх убежал от неё далеко- далеко. Так что, она смогла добиться успеха во всех своих начинаниях. И стала выдающимся Человеком, победившим все Страхи.

А готовы ли вы к борьбе со своими страхами?

Глава Для Взрослых

Страх ощущается как тревожное чувство, вызванное ожиданием какого-то воображаемого события или опыта. Почти у каждого человека есть несколько иррациональных страхов. У одних людей уровень страха небольшой. Например, люди боятся закрытых мест без окон, высоты, вождению по шоссе, ходить к врачам, или боятся летающих насекомых, змей и много другого.

Иногда страхи могут быть такими серьезными, что они вызывают огромное беспокойство и мешают нормальной жизни человека. Это уже называется фобиями.

В основном, фобии появляются в детстве. Но они могут появиться в любом возрасте и по любому поводу. Неуважение и непонимание родителями ребенка лежит в основе некоторых детских страхов. Таким травмированным детям нужно помощь невропатолог и психолога.

Иногда родители целенаправленно запугивают ребенка, чтобы легче было им манипулировать. Они используют Страх как метод влияния на маленького человека. А в состоянии страха человек сделает все, что от него требуют.

Маленькие дети верят взрослым, особенно своим родителям. А потом они страдают от этих страхов, и могут начать заикаться, или получить неврозы.

***

Детские страхи могут возникнуть от просмотра негативных, неприятных мультфильмов, травмирующих детскую психику. Это разные Шреки, Бэтманы, трансформеры, оборотни. Фильмы об «ужастиках» рождают агрессию, как средство защиты. Негативные эмоции или желание подражать героям мультфильмов выплескивается в отношениях детей друг с другом.

***

“Тело помнит все” – так звучит один из законов телесно-ориентированной психотерапии. Все пережитые в детстве эмоции хранятся в теле. Если человек игнорирует все негативные эмоции, то это выливается в проблемы со здоровьем.

Разные страхи гнездятся или прячутся в разных частях тела. Если человек чего-то боится, то в какой-то части тела возникает неприятное ощущение и даже боль. В психологии это называется "вытеснение". Человек бессознательно вытесняет, закрывается от болезненных переживаний, мыслей, воспоминаний и страхов.

***

Главное понять, откуда взялись страхи. Тогда их можно контролировать. Страх, как и все эмоции, это в основном информация. У большинства людей страх иррациональный, но они не хотят прилагать усилия, чтобы контролировать свои чувства. Лучше всего, со Страхом бороться положительными эмоциями, и своим собственным убеждением против него.

***

Когда человек прячет свои эмоции, страхи все равно живут внутри него. Тайные страхи являются причиной большинства заболеваний. Если человеку помочь справиться с его внутренними переживаниями, то он может избавиться от проблем со здоровьем.

Воспоминания, которые беспокоят человека, прячутся в теле. Некоторые люди подавляют выражение эмоций. Но любая эмоция это тоже энергия, и она никуда не исчезает. Она остается жить глубоко в человеке до тех пор, пока не будет выражена вовне. Интересно, что Зигмунд Фрейд обнаружил, что человек может себя хорошо чувствовать лишь при переживании эмоции. Эмоции выражаются мимикой лица, жестами, мышцами рук и плеч, а также, мышцами всего тела.

Если долго сдерживать глубокие эмоции то формируются мышечные блоки, которые нарушают всю работу тела. Есть даже известный мультфильм про страхи, так он и называется «Ахи-Страхи». Избавиться от страха можно и нужно самому. А детям надо помогать с помощью специалиста. Почти любая фобия хорошо поддается лечению. Любой человек может приложить усилия и преодолеть беспокойство и страх. С работой над преодолением страха человек станет свободным и счастливым, живя жизнью, о которой он всегда мечтал. Только люди, которые побеждают страхи, добьются всяческих успехов во всех делах, что бы они не начинали делать. Удачи и Любви всем, кто стремится преодолеть собственные Страхи.

***

Об Авторе

Автор создала много интересных книг на двух языках, которые опубликованы по всему миру. Кроме этого, Елена является дизайнером обложек для своих книг. Она замечательный журналист, талантливая танцовщица, квалифицированный переводчик.

Последние 25 лет она замужем за американцем и живет в США. Её стаж более тридцати лет в различных областях искусства, журналистики, кинематографии, танцев. После многих лет преподавания Аргентинского Танго, она разработала специальный курс для супружеских пар. В ходе таких уроков студенты постигают скрытую энергию танца.

Они учатся слушать друг друга, развивая концентрацию, изучая как стать сильным лидером и творческим человеком.

***

Все Права Защищены